La Nouvelle Maîtresse

De la même auteure chez Québec Amérique

Jeunesse

SÉRIE CHARLOTTE

Une drôle de ministre, coll. Bilbo, 2001, nouvelle édition illustrée, 2016.
Une bien curieuse factrice, coll. Bilbo, 1999, nouvelle édition illustrée, 2015.
La Mystérieuse Bibliothécaire, coll. Bilbo, 1997, nouvelle édition illustrée, 2015.
La Nouvelle Maîtresse, coll. Bilbo, 1994, nouvelle édition illustrée, 2015.
Une gouvernante épatante, coll. Bilbo, 2010.
La Fabuleuse Entraîneuse, coll. Bilbo, 2007.
L'Étonnante Concierge, coll. Bilbo, 2005.

La Nouvelle Maîtresse, Livre-Disque, 2007.

SÉRIE JACOB JOBIN

La Grande Quête de Jacob Jobin, Tome 3 – La Pierre bleue,
　coll. Tous Continents, 2010.
La Grande Quête de Jacob Jobin, Tome 2 – Les Trois Vœux,
　coll. Tous Continents, 2009.
La Grande Quête de Jacob Jobin, Tome 1 – L'Élu, coll. Tous Continents, 2008.

SÉRIE ALEXIS

Macaroni en folie, coll. Bilbo, 2009.
Alexa Gougougaga, coll. Bilbo, 2005.
Léon Maigrichon, coll. Bilbo, 2000.
Roméo Lebeau, coll. Bilbo, 1999.
Toto la brute, coll. Bilbo, 1998.
Valentine Picotée, coll. Bilbo, 1998.
Marie la chipie, coll. Bilbo, 1997.

SÉRIE MARIE-LUNE

Pour rallumer les étoiles – Partie 2, coll. Titan+, 2009.
Pour rallumer les étoiles – Partie 1, coll. Titan+, 2009.
Un hiver de tourmente, coll. Titan, 1998.
Ils dansent dans la tempête, coll. Titan, 1994.
Les grands sapins ne meurent pas, coll. Titan, 1993.

La Vérité sur les vraies princesses, Album, 2012.
Ta voix dans la nuit, coll. Titan, 2001.

SÉRIE MAÏNA

Maïna, Tome II – Au pays de Natak, coll. Titan+, 1997.
Maïna, Tome I – L'Appel des loups, coll. Titan+, 1997.

Adulte

Chronique d'un cancer ordinaire — Ma vie avec Igor, hors coll., 2014.
Pour que tienne la terre, coll. Tous Continents, 2013.
Là où la mer commence, coll. Tous Continents, 2011.
Au bonheur de lire, Comment donner le goût de lire à son enfant de 0 à 8 ans,
　coll. Dossiers et Documents, 2009.
Pour rallumer les étoiles, coll. Tous Continents, 2006.
Le Pari, coll. Tous Continents, 1999.
Marie-Tempête, coll. Tous Continents, 1997.
Maïna, coll. Tous Continents, 1997, nouvelle édition, 2014.
La Bibliothèque des enfants, Des trésors pour les 0 à 9 ans,
　coll. Explorations, 1995.
Du Petit Poucet au Dernier des raisins, coll. Explorations, 1994.

DOMINIQUE DEMERS

Illustrations de Fabio Pellegrino

La Nouvelle Maîtresse

Québec Amérique

Projet dirigé par Stéphanie Durand, éditrice

Conception graphique : Nathalie Caron
Correction d'épreuves : Isabelle Pauzé
Illustrations : Fabio Pellegrino

Québec Amérique
7240, rue Saint-Hubert
Montréal (Québec) Canada H2R 2N1
Téléphone : 514 499-3000, télécopieur : 514 499-3010

Nous reconnaissons l'aide financière du gouvernement du Canada par l'entremise du Fonds du livre du Canada pour nos activités d'édition.

Nous remercions le Conseil des arts du Canada de son soutien. L'an dernier, le Conseil a investi 157 millions de dollars pour mettre de l'art dans la vie des Canadiennes et des Canadiens de tout le pays.

Nous tenons également à remercier la SODEC pour son appui financier. Gouvernement du Québec – Programme de crédit d'impôt pour l'édition de livres – Gestion SODEC.

Catalogage avant publication de Bibliothèque et Archives nationales du Québec et Bibliothèque et Archives Canada

Demers, Dominique
La nouvelle maîtresse
Nouvelle édition.
Édition originale : c1994.
Publié à l'origine dans la collection : Bilbo jeunesse.
Pour les jeunes.
ISBN 978-2-7644-2722-4
I. Pellegrino, Fabio. II. Titre.
PS8557.E468N68 2015   jC843'.54   C2014-940684-3
PS9557.E468N68 2015

Dépôt légal, Bibliothèque et Archives nationales du Québec, 2015
Dépôt légal, Bibliothèque et Archives du Canada, 2015

Réimpression : octobre 2016

Aux enfants des adultes
qui ont aimé Mademoiselle Charlotte
lorsqu'ils étaient enfants

Et à tous les enfants

Puisse Mademoiselle Charlotte
ensoleiller votre existence
comme elle ensoleille la mienne

Toute ma tendresse,

Une maîtresse complètement marteau !

D'habitude, les maîtresses marchent très vite. Elles sont toujours pressées. Leurs talons font **clop!** clop! **clop!** clop! **clop!** dans le corridor. Ce matin-là, c'était différent. Notre nouvelle maîtresse semblait prendre tout son temps.

On entendait deux ou trois petits **clop** **clop**.
Puis, plus rien. Comme si la nouvelle
maîtresse flânait dans le corridor au
lieu de se dépêcher!

La classe était silencieuse. On aurait
entendu un petit pois rouler sur le
plancher. Nous mourions tous d'envie
de voir enfin la tête de notre nouvelle
maîtresse. Depuis une semaine, nous ne
parlions que d'elle. Personne ne savait à
quoi ressemblerait ce *mystérieux*
personnage venu d'une autre ville. Notre
ancienne maîtresse, Germaine Chaput,
était enceinte. Elle nous avait quittés
pour aller minoucher son gros
bedon rond.

Soudain, la porte s'est ouverte et une vieille dame très grande et très maigre est apparue. Elle portait un chapeau **étrange**. Comme un chapeau de sorcière mais avec une petite bosse ronde au lieu d'un long bout pointu sur le dessus. Sa robe, par contre, n'avait rien à voir avec les costumes de **sorcières**.

C'était une sorte de robe de soirée à l'ancienne avec des *rubans* et de la *dentelle*, un peu fanée mais jolie quand même.

Et ce n'est pas tout. Notre nouvelle maîtresse n'avait pas des petits souliers à talons hauts comme les maîtresses. Elle portait de grosses bottes de cuir à semelle épaisse. Des bottes pour marcher en forêt, escalader des **M O N T A G N E s**, aller au bout du monde… Pas des bottes pour aller à l'école en tout cas.

Nous avions tous les yeux grands comme des planètes et plusieurs avaient la bouche ouverte. Comme d'habitude, Mario Tremblay a parlé le premier.

C'est pas une maîtresse, ça, c'est un épouvantail!

Il y a eu quelques gloussements. Puis, plus rien. Tous les regards étaient vissés sur notre nouvelle maîtresse. Elle avançait tranquillement vers la fenêtre, celle qui donne sur le petit bois où Mathieu Bérubé et Josée Lachance se donnent des *becs en cachette*. La nouvelle maîtresse a regardé dehors. Puis, elle a souri. Son sourire était joli.

D'habitude, les nouvelles maîtresses se présentent. Elles disent :

*« Bonjour, les enfants,
je suis Madame Lagalipotte. »*

Ou encore :
« Salut, je m'appelle Nathalie. »

Leur voix est douce ou criarde ; le ton, sévère ou enjoué. On devine déjà un peu à qui on a affaire. Mais notre nouvelle maîtresse ne disait rien.

Elle s'est dirigée vers son bureau et c'est là que j'ai remarqué qu'elle n'avait même pas de sac avec des livres et tout. Cette drôle de maîtresse était venue à l'école les mains **vides !** Nous, lorsqu'on oublie notre sac d'école, il faut aller chez le directeur, Monsieur Cracpote, et expliquer pourquoi. C'est un peu compliqué parce que, lorsqu'on oublie, on oublie. C'est tout. Ça ne s'explique pas vraiment.

Notre grand céleri de maîtresse s'est finalement assise. Tout le monde a retenu son souffle. Nous allions enfin savoir si la nouvelle maîtresse était une maniaque d'arithmétique ou de dictée. Et si elle était du genre à faire des *chichis* pour des *niaiseries*.

Il y a des maîtresses qui perdent complètement la boule lorsque les mots courent dans tous les sens au lieu de se tenir bien droits sur les lignes dans nos cahiers. Il y en a d'autres qui paniquent au moindre bruit. Un pet de souris les réveillerait la nuit.

Moi, j'avais surtout hâte de savoir si la nouvelle maîtresse aimait – un peu, **beaucoup ou passionnément** – coller des retenues. Parce qu'avec Germaine Chaput, disons que j'avais été gâtée.

Notre nouvelle maîtresse était bel et bien installée derrière son bureau, mais elle ne semblait pas pressée. Elle a défripé tranquillement le bas de sa robe puis, sans même nous regarder, elle a soulevé

très délicatement le large bord de son
IMMENSE chapeau et elle a déposé
celui-ci sur la table.

Ses cheveux gris étaient ramassés en
chignon. Elle était coiffée comme bien
des vieilles dames mais, sur sa tête, il y
avait un objet **étrange**. De la taille, disons,
d'une clémentine, d'une balle de
golf ou d'une grosse gomme
casse-gueule. Plusieurs
élèves se sont
levés

pour mieux voir et Philippe est carrément monté sur son pupitre.

C'était un caillou. **Une roche!**

La nouvelle maîtresse l'a cueilli doucement, comme s'il s'agissait d'un objet très rare et très fragile. Puis, croyez-le ou non, elle lui a adressé un sourire gigantesque en le flattant gentiment du bout de l'index. On aurait dit un parent faisant guili-guili à son enfant!

C'est à ce moment qu'elle s'est enfin mise à parler. Mais pas à nous.
À SON CAILLOU!

— Salut, ma coquelicotte. Ah! Pauvre chouette cacahuète. Je t'ai réveillée, hein? Je suis désolée. Je me sentais un peu seule... Nous sommes arrivées dans la nouvelle classe. S'ils sont gentils? Je ne sais pas encore. Ils me regardent tous comme si j'avais oublié de mettre ma robe. Comme si je me promenais en **pyjama** ou en **petite culotte**. Il va falloir que je leur dise bonjour. Mais avant, j'avais envie de causer avec toi un peu. Ne t'inquiète pas... ça va déjà mieux.

La maîtresse a installé sa roche sur un coin du bureau et, pendant quelques secondes, j'ai eu l'impression que la chose était **vivante**, que la roche se mettrait à japper, à grogner ou à miauler. Au fond de la classe, Mario Tremblay a lancé, avec sa délicatesse habituelle :

— Notre nouvelle maîtresse est FOLLE !

J'ai consulté ma copine Jocelyne. Elle s'est frappé la tête plusieurs fois du bout de l'index comme si c'était un bec de pic-bois.

Je comprenais très bien ce que ça voulait dire. Et j'étais plutôt d'accord.

Notre nouvelle maîtresse était

COMPLÈTEMENT MARTEAU.
TOQUÉE.
MABOULE.
CAPOTÉE.
UNE VRAIE TOTOTE.

Le bruit montait dans la classe. Tout le monde se demandait ce qu'il faut faire en pareil cas. Avertir Mademoiselle Lamerlotte dans la classe à côté ? Ou Monsieur Cracpote ? Les policiers, les médecins, les pompiers ?

Soudain, notre nouvelle maîtresse s'est levée. Elle a fait tranquillement le tour de son bureau puis, une fois devant, elle s'est installée… dessus.

Même assise, la nouvelle maîtresse était grande. Elle s'est raclé la gorge et elle nous a souri. Aussitôt, la classe s'est tue. Plus personne ne chuchotait. Nous étions comme **hypnotisés**.

— *Bonjour…*

Sa voix était flûtée et joyeuse, avec un petit quelque chose de timide.

— Voulez-vous... euh... faire des mathématiques ? nous a-t-elle demandé.

Personne n'a répondu. Nous étions tous un peu en état de choc. Alors, elle s'est adressée à Guillaume Leclerc.

— Vous, monsieur, aimeriez-vous que nous commencions cette journée avec quelques divisions ou un peu de géométrie ?

Guillaume a **horreur** de tout ce qui ressemble à un chiffre. Il était plutôt impressionné par notre nouvelle maîtresse, mais il est parvenu quand même à répondre.

— Non… Non, madame… Euh… Non, mademoiselle. Euh… Pas du tout.

Le plus drôle, c'est que notre nouvelle maîtresse a semblé *ravie* de cette réponse.

— Aimeriez-vous que nous préparions une dictée alors ?

Cette fois, Mario n'a pas hésité.
Il a répondu :

Non. Ici, tout le monde déteste les dictées. Ça nous rend très énervés…

De la part de Mario, l'affirmation prenait l'allure d'une menace. Mario ne se gêne pas pour faire le singe à l'école. La nouvelle maîtresse lui a adressé un sourire enchanté. Ses yeux pétillaient de joie.

— *Vraiment? Ah! Tant mieux!*
Moi aussi.

C'est exactement ce qu'a dit notre nouvelle maîtresse. Et elle paraissait parfaitement sincère. À ce moment, j'ai pensé que cette **étrange** vieille dame venait peut-être d'une autre **planète**. Qu'en temps normal elle était petite et verte avec trois yeux alignés sur le front. Son caillou lui servait d'émetteur-récepteur et la reliait à un vaisseau fantastique valsant dans l'espace à quelque mille milliards d'années-lumière de notre salle de classe.

Le pire, c'est que dans le fond j'avais peut-être un peu raison.

Chère brosse à dents

Au bout d'une semaine, nous savions encore bien peu de choses sur notre nouvelle maîtresse. Elle se nommait Mademoiselle Charlotte et venait d'un lointain village situé dans le nord du Québec. C'est du moins ce qu'elle disait. Mario jurait que c'était de la **bouillie pour les chats**. À son avis, la nouvelle maîtresse était une **espionne**. Les mots doux à son caillou servaient de codes secrets. Sous son déguisement de vieille dame excentrique se cachait une femme redoutable qui avait tranché des gorges et résisté aux pires tortures.

Mademoiselle Charlotte parlait souvent à son caillou et toujours à haute voix. Elle l'appelait tour à tour « *ma grande louloute* », « *ma petite Gertrude* » ou encore « *ma belle crotte d'amour* ». J'avais du mal à imaginer des espions déchiffrant ces messages. De toute façon, aussi étonnant que cela puisse paraître, au bout de quelques jours nous étions presque habitués à son caillou.

Ce que nous vivions dans la classe de Mademoiselle

Charlotte ressemblait bien peu à ce qu'on fait d'habitude dans une école. Et, en matière d'école, disons que je m'y connaissais. Mon père et moi avions déménagé des tas de fois. Des écoles, j'en avais fréquenté des pelletées !

Tous les matins, Mademoiselle Charlotte s'informait de nos projets. La première fois, personne n'a répondu. Nous étions trop surpris. Mademoiselle Charlotte a parcouru la classe de ses grands yeux étonnés et, l'air terriblement navrée, elle a simplement murmuré :

— Bon... D'accord. Puisque vous le souhaitez... Ce matin, nous allons nous ennuyer.

Elle était là, devant nous, assise sur son bureau, et poussait des soupirs à fendre le cœur des pierres. Au bout de plusieurs très très longues minutes, Marilyn a levé la main et elle a demandé si nous pouvions parler. C'était une sacrée bonne idée. Depuis la première cloche du matin, je comptais les minutes jusqu'à la RÉCRÉ tellement j'avais hâte de dire à Jocelyne que Poutine – ma chatte – avait eu ses bébés pendant la nuit.

Mademoiselle Charlotte a accepté et nous avons placoté jusqu'à la récré. Au retour, Jean-Charles a proposé une partie de soccer. Il faisait un temps *splendide* et, même si je ne raffole pas des jeux de ballon, j'étais ravie que Mademoiselle Charlotte dise oui. L'idée de courir dans la cour d'école à l'heure où, d'habitude, Germaine Chaput nous faisait conjuguer des verbes rendait n'importe quel sport intéressant.

Nous avons formé deux équipes, mais il manquait un joueur de notre côté. Sans dire un mot,

Mademoiselle Charlotte
a retroussé sa jupe,
ramenant des pans de tissu
autour de sa taille puis
renouant sa ceinture pour les
maintenir en place.

Au début, Mademoiselle Charlotte était
poche. À croire qu'elle n'avait jamais
vu un ballon de sa vie. Et encore moins
un but de soccer ! Mais après la mi-temps
elle a réussi une belle passe et Mario a
marqué un but. Un coup de chance ?
Pas du tout ! Tout de suite après,

la nouvelle maîtresse a botté le ballon en plein dans le filet. Et trois buts plus tard, nous avions tous compris que Charlotte l'échalote avait un formidable coup de pied.

À **5 - 4**, la lutte était serrée; les cris fusaient de tous bords, tous côtés. J'étais en nage, les autres aussi. Le chignon de Mademoiselle Charlotte était démoli et sa robe, drôlement salie. Nous étions tous trop occupés pour remarquer Monsieur Cracpote. Mélanie Gravel a failli s'étouffer en fonçant droit dans son gros ventre mou. J'ai entendu un cri. Tout le monde s'est arrêté.

Monsieur Cracpote était **furieux**.
Il cherchait des yeux notre nouvelle
maîtresse. Lorsqu'il l'a aperçue, les
cheveux en bataille et l'ourlet de sa robe
pendouillant bizarrement, ses yeux se sont
agrandis.

— *Bonjour, Monsieur Laporte!*
Voulez-vous vous joindre
à nous? a demandé
Mademoiselle Charlotte,
radieuse.

Avec beaucoup d'efforts, Monsieur Cracpote a réussi à esquisser un sourire forcé. Visiblement, il ne savait plus comment réagir.

— Oh oui! Venez, Monsieur... Laporte! a supplié Mario.

C'était la meilleure façon de **sauver** Mademoiselle Charlotte. Faire comme si tout ça était parfaitement normal en invitant Cracpote à se joindre à nous.

Le plan a fonctionné. Monsieur Cracpote a marmonné quelque chose, puis il est parti. Je pense qu'il aurait préféré laver toutes les toilettes de l'école avec une **brosse à dents** plutôt que disputer un match avec nous.

Dès le deuxième jour, Mademoiselle Charlotte nous a proposé un nouvel horaire. Les premières heures du matin seraient consacrées « **aux obligations** » : français, maths, anglais. Notre nouvelle maîtresse expliquait plutôt bien et Mario ne faisait plus le singe parce que nous avions tous hâte de passer « aux récréations ».

Mademoiselle Charlotte avait calculé qu'en travaillant bien et en faisant un peu de devoirs tous les soirs, nous pourrions avaler la « **matière essentielle** » en deux heures, ce qui nous laissait exactement trois heures et cinquante-huit minutes de

récréation. Au bout de quelques jours,
nous avions tous une foule d'idées
pour combler ces
maxirécréations.

Guillaume Ladouceur a fait un spectacle
de magie. Mademoiselle Charlotte a eu
peur lorsqu'il a proposé de la scier en deux
pour la recoller ensuite, mais c'était juste
une blague.

Julie Mainville, qui est un peu pimbêche et rêve de devenir animatrice à la télé, nous a fait déguster, les yeux bandés, cinq sortes de biscuits aux

pépites de chocolat, comme on fait dans les publicités. Martin lui a volé la vedette avec des maringouins. Tout le monde voulait en manger, mais il n'en avait que sept. Mélanie a trouvé que ça goûte le beurre d'arachide mou et Éric, la pizza aux tomates. Jocelyne dit que leurs petites pattes chatouillent la gorge lorsqu'on les avale.

Manon Pelletier a inventé un jeu super :
LES RECORDS. Chacun choisit un truc qu'il réussit plutôt bien et lance un défi à la classe. Hier, Éric Leclerc a mangé **onze** biscuits soda en **cinquante-quatre** secondes sans boire une goutte d'eau. La veille, Geneviève avait retenu son souffle pendant cent neuf secondes ; Simon Thivierge s'était enroulé une jambe autour du cou – un vrai contorsionniste ! – et Marie-Aude avait fait éclater une **bulle de gomme** à mâcher de la taille d'un **pamplemousse**. Même que ses cils étaient restés collés.

Nous avions tous envie de connaître la spécialité de Mademoiselle Charlotte. Sans doute possédait-elle des dons extraordinaires ou des pouvoirs *mystérieux*, mais personne n'osait lui demander. Jeudi, n'en pouvant plus, j'ai osé. Il y a eu un long silence dans la classe. Puis, Mademoiselle Charlotte s'est simplement mise à *parler*.

C'était encore plus merveilleux que tout ce que nous avions pu imaginer.

Jamais je n'aurais cru que de simples mots pouvaient être si puissants.

Elle nous a d'abord raconté une histoire d'**horreur**. Pendant quelques minutes, la salle de classe a disparu. Nous étions transportés dans un cimetière obscur peuplé de **MORTS-VIVANTS**. C'était une nuit d'orage, glaciale. Les branches des arbres recouvertes de **verglas** s'entrechoquaient comme les os d'un squelette. Une odeur écœurante flottait dans l'air. Des revenants nous épiaient, tapis dans l'ombre.

Soudain, une créature hideuse a bondi, atterrissant à quelques mètres de nous. Quelqu'un a crié. Le loup-garou nous dévorait de ses yeux affamés. Ses crocs terribles étincelaient dans la nuit trop **NOIRE**.

À peine cette première histoire terminée, alors même que des frissons d'horreur couraient encore sur nos membres, Mademoiselle Charlotte nous a expédiés en Orient dans un désert LUMINEUX. Les flancs de mon chameau battaient sous mes pieds pendant qu'il fonçait vers l'infini, ses gros sabots martelant le sable en faisant jaillir des gerbes de poussière vite balayées par les vents puissants. Longtemps après que Mademoiselle

Charlotte eut arrêté de parler, j'ai continué à sentir les grains de sable entre mes doigts.

Tous les jours, à partir de cet après-midi-là, Mademoiselle Charlotte nous a fait rire, crier, pleurer, *voyager* avec ses récits venus d'on ne sait où. Lorsqu'elle nous a menés en haute mer pour mieux entendre le chant des baleines, je me suis dit que j'aimerais bien, moi aussi, dessiner des vagues dans la tête des gens, juste avec des mots. Et le matin où des pirates ont attaqué notre galère, Mario m'a confié qu'il avait senti la lame froide d'un sabre contre sa joue.

Le vendredi matin de cette première semaine, Judith Bélanger est arrivée en retard à l'école. Mademoiselle Charlotte discutait avec son caillou pendant que nous terminions un exercice de calcul. Judith s'est assise à son pupitre sans saluer personne. Quelques minutes plus tard, elle a éclaté en sanglots.

Il existe bien des façons de pleurer. En entendant Judith, on devinait que sa peine était IMMENSE. Marilou, sa meilleure amie, a voulu la consoler et comprendre ce qui était arrivé. Mais Judith refusait de parler.

Nous pensions tous que Mademoiselle Charlotte interviendrait. Notre ancienne maîtresse, Germaine Chaput, aurait gentiment entraîné Judith à l'écart pour la forcer à tout raconter. Mais Mademoiselle Charlotte a tranquillement rangé sa roche sous son chapeau avant de s'asseoir sur son bureau pour réclamer notre attention.

Cette fois, notre nouvelle maîtresse n'a pas *inventé* d'histoire. Elle nous a raconté un petit bout de **la sienne**. Il y a longtemps – mais puisque Mademoiselle Charlotte est plutôt vieille, «longtemps» c'est aussi bien cinq ans que cinquante ans – il y a longtemps donc, Mademoiselle Charlotte a vécu un gros drame. Quelque chose de vraiment terrible. De *tellement*

terrible qu'elle n'avait plus envie de manger, de courir, de dormir. Je crois bien que Mademoiselle Charlotte n'avait même plus envie de vivre.

Le pire, c'est qu'elle était s e u l e. Sans parents, sans voisins, sans amis. Elle n'avait personne à qui parler, personne pour la consoler. Alors, un jour, elle a cueilli un caillou; elle l'a baptisé *Gertrude* et elle lui a parlé.

Mademoiselle Charlotte dit qu'on peut tout inventer. Que, dans notre tête, il y a des millions de **pays**, de **personnages**, de PLANÈTES. C'est à nous de les réveiller. Et il ne faut pas s'inquiéter de ce que les gens peuvent penser.

Tout le monde a le droit de parler à sa gomme à effacer comme à ses lacets de souliers. Ça ne remplace pas les vrais amis mais, parfois, c'est chouette de créer des personnages et de leur confier nos secrets.

Mademoiselle Charlotte est drôlement convaincante. Lorsqu'elle parle, son regard s'illumine et pétille. Nous sommes tous un peu HYPNOTISÉS. Je ne sais pas si elle connaît ses pouvoirs mais le lendemain, dans le corridor, Jean-Charles parlait à sa brosse à dents et Mélanie, à une fourchette.

À l'heure du lunch, Monsieur Cracpote a attrapé Guillaume en grande conversation avec son étui à crayons.

— À qui parles-tu? s'est enquis notre directeur.

— À mon grand-père, a répondu calmement Guillaume.

C'est à ce moment que j'ai compris que l'arrivée de Mademoiselle Charlotte allait vraiment changer nos vies.

3

Espèce de chop suey !

La classe de Mademoiselle Charlotte
est devenue **suspecte**. À tout moment,
on pouvait voir les grosses narines de
Monsieur Cracpote écrasées dans la
petite vitre de la porte de notre salle
de cours.

Le directeur nous espionnait lorsque
Charles-Antoine Gabriel-Bédard, le **bollé**
de la classe, a fait un exposé d'une heure
sur les fourmis. Personne ne savait que
Charles-Antoine élevait des colonies de
fourmis chez lui. Il avait apporté un

aquarium rempli de sable et nous avait expliqué comment les fourmis communiquent entre elles en se caressant du bout des antennes et comment elles creusent leurs galeries et leurs tunnels souterrains. Elles construisent même des chambres avec des portes pour leurs bébés cocons. C'est fascinant!

D'habitude, Charles-Antoine n'est pas très bavard. À la récréation, il reste souvent seul dans son coin à lire. Mario dit que Charles-Antoine se croit trop bon pour daigner se mêler aux autres. Moi, je pense seulement que Charles-Antoine est **différent**. Et lorsqu'il parle des reines fourmis ailées brisant courageusement leurs belles ailes pour se faufiler dans un trou minuscule où elles pondent leurs œufs, Charles-Antoine est beau. On dirait qu'il BRILLE par en dedans.

Monsieur Cracpote a sûrement été rassuré le jour des fourmis. Charles-Antoine avait écrit des tas d'informations au tableau et il parlait beaucoup, comme un vrai professeur. Tous les élèves l'écoutaient sagement, immobiles et silencieux.

Mais le jour des spaghettis, notre directeur est redevenu très **inquiet**.

Mademoiselle Charlotte nous avait déjà posé une DEVINETTE. Combien de nouilles de spaghetti faudrait-il mettre bout à bout pour faire le tour de la classe ? Elle ne voulait pas que nous trouvions les dimensions de la classe et que nous divisions par la taille d'une nouille. Non, non. Elle voulait simplement que nous devinions, que nous *imaginions*.

J'avais calculé rapidement. Je me disais qu'une nouille de spaghetti fait environ trente centimètres de long. La taille d'une règle à mesurer : **C'est facile !** Pour les murs, c'était plus compliqué. J'avais essayé de me représenter un mètre dans ma tête et de calculer combien je pourrais en placer le long d'un mur. Vingt-trois… environ. **Multiplié par quatre** murs, ça donnait quatre-vingt-douze. En **divisant les murs par les spaghettis**, une fois les mètres réduits en centimètres, j'avais finalement conclu qu'il faudrait trois cent sept spaghettis pour faire le tour de la classe.

Mademoiselle Charlotte avait noté la réponse de chacun des élèves et, après, nous avions tous oublié l'«exercice spaghettis». Quelques jours plus tard, notre maîtresse est arrivée à l'école en tirant une **brouette jaune et rouge**. Imaginez la tête des élèves et des profs dans la cour d'école pendant qu'elle trottait vers la porte d'entrée. L'accoutrement de Mademoiselle Charlotte impressionnait encore tout le monde – elle portait toujours la même vieille robe et son incroyable chapeau – et voilà que la nouvelle maîtresse ajoutait une brouette à ses fantaisies.

L'étonnant véhicule contenait deux gros sacs verts bien gonflés. Ce n'est qu'une fois dans la classe, la porte bien fermée, que nous avons découvert leur contenu. Ils étaient remplis de… NOUILLES. Des milliers de spaghettis mous, encore tièdes, et cuits juste à point.

— *Les nouilles cuites collent au mur!* a expliqué Mademoiselle Charlotte, un sourire énigmatique aux lèvres.

Nous avons retroussé nos manches pour coller des nouilles. Pendant ce temps, Mademoiselle Charlotte a écrit au tableau le nom de chaque élève suivi de sa réponse de l'autre jour à la devinette des spaghettis.

Notre maîtresse avait cuit beaucoup trop de nouilles. *CE QUE NOUS AVONS PU NOUS EMPIFFRER !* Même sans sauce c'était bon.

Après, il a fallu compter et recompter plusieurs fois les spaghettis collés aux murs parce que nous arrivions toujours à un chiffre différent. Au troisième recomptage,

Guillaume a proclamé : trois cent soixante-dix-sept. Et Éric a aboyé : **YABADABADOU**, comme Fred Caillou, car il avait deviné presque juste.

C'est là que j'ai remarqué les grosses narines de Monsieur Cracpote collées dans la vitre de la porte de notre classe.

Le regard de Mademoiselle Charlotte a croisé le mien avant de courir vers la porte pour revenir à moi. Un sourire *mystérieux* flottait sur ses lèvres. Notre nouvelle maîtresse semblait se ficher complètement de ce que notre directeur pouvait penser. Pendant quelques secondes, j'ai cru que Monsieur Cracpote allait vraiment se fâcher, pousser la porte et renvoyer

Mademoiselle Charlotte. Il était visiblement en colère, mais il n'a rien fait et, au bout de quelques secondes, il s'est éclipsé.

Les choses ont commencé à vraiment mal tourner trois semaines, jour pour jour, après l'arrivée de notre nouvelle maîtresse. Le lundi midi où Mathieu Bérubé a traité Vu Tran de **egg roll**...

Ce n'était pas la première fois que Mathieu utilisait ce genre de menu pour faire enrager Vu. Leurs chicanes débutent toujours avec un seul plat mais, au bout de quelques minutes, tout le menu défile :

ESPÈCE DE CHOP SUEY !
TÊTE DE WON TON !
Vieille côte levée !

Mathieu n'a pas encore compris que Vu est d'origine vietnamienne et non chinoise! Quant à Vu, il n'a peut-être jamais goûté au *chop suey*, mais il devient furieux quand même. Et, chaque fois, au lieu de traiter Mathieu de **tourtière**, de POUTINE ou de **hot chicken**, il lui flanque un coup de poing. Ces deux-là sont en guerre parce que Mathieu est l'amoureux officiel de Josée Lachance, qui trouve Vu dangereusement de son goût et lui fait souvent des *yeux doux*.

Après les injures et le premier coup de poing, il y a toujours un certain suspense. Nous arrêtons de jouer pour voir lequel des deux va se faire le plus massacrer.

Ce jour-là, c'est Vu qui y a goûté. Quand la cloche a sonné, il saignait du nez et sa joue droite était **zébrée**. Mathieu l'avait pas mal égratigné. Vu se tamponnait le bout du nez avec du papier hygiénique et Mathieu tapotait ce qui commençait à ressembler à un œil au **beurre noir** lorsque Mademoiselle Charlotte est entrée dans la classe en bavardant avec son caillou.

— *C'est vrai qu'il fait beau dehors, hein, ma belle Gertrude ? Ça sent le* printemps à plein nez! On fera une autre balade en soirée, tiens, si...

Notre nouvelle maîtresse s'est tue parce qu'elle venait d'apercevoir Vu. Ses yeux se sont agrandis et son visage a blanchi. Elle a porté une main à sa bouche pour étouffer un petit cri puis elle s'est jetée sur Vu comme s'il venait de tomber en bas d'un vingt-douzième étage.

— Que se passe-t-il? Comment te sens-tu? Y a-t-il d'autres blessés?

Franchement, j'avais envie de rire. C'était trop drôle. Notre nouvelle maîtresse était décidément bien **étrange**. Mathieu et Vu s'étaient battus, ce n'était pas la fin du monde, mais à entendre Mademoiselle Charlotte on aurait plutôt cru que la **Troisième Guerre mondiale** venait d'éclater. Elle semblait prête à déclarer les mesures d'urgence, à alerter les médecins, les ambulanciers, les policiers, les pompiers…

— *C'est le grand débile qui m'a tapé dessus !* a lancé Vu en fusillant Mathieu de ses yeux noirs.

Mademoiselle Charlotte s'est tournée vers l'accusé, dont l'œil droit était gonflé et cerné de mauve.

Nous avons tous entendu le petit bruit sourd lorsque Gertrude s'est écrasée sur le plancher. Mademoiselle Charlotte était tellement stupéfaite, tellement triste et horrifiée, qu'elle a échappé son précieux caillou.

Charles-Antoine s'est précipité. Il a ramassé Gertrude et, un peu gêné, l'a remise à Mademoiselle Charlotte. Notre nouvelle maîtresse a pris son caillou et elle l'a fourré dans une poche de sa vaste robe.

Elle s'est assise sur son bureau et elle a posé longuement, sur chacun de nous, son regard étrangement *grave*.

Les minutes coulaient au ralenti, dans le silence. Mademoiselle Charlotte semblait réfléchir intensément. Soudain, elle a demandé :

De telles batailles se produisent-elles souvent ?

« Souvent »… Ça veut dire quoi « souvent » ? Tous les jours ? toutes les semaines ? toutes les récrés ? Au **pif**, j'aurais dit deux ou trois fois par semaine. Pas plus, je crois.

C'est exactement ce que Nathalie a répondu. Mais, à voir l'air de Mademoiselle Charlotte, nous avons tous compris que, pour elle, c'était très EFFROYABLEMENT souvent.

Un silence de catastrophe engourdissait la classe. Mademoiselle Charlotte semblait tellement scandalisée que Mathieu a lancé, en guise d'excuses :

Disons que je me suis un
peu emporté. D'habitude,
on se fait pas si mal...

Le pauvre ne savait plus quoi dire. Sans
doute aurait-il dû se taire. Les quelques
mots qu'il a ajoutés ont déclenché la
tempête.

Ah! Et puis, on n'est
pas les seuls. Hier,
Mario a rentré
Éric dans le mur.
Même que la
semaine dernière...

Mademoiselle Charlotte l'a interrompu. Elle avait compris que nous nous battions tous de temps en temps. Et, visiblement, notre nouvelle maîtresse venait d'un pays bizarre ou d'une lontaine planète où les tapes sur la gueule n'existent pas.

— *Je ne veux rien entendre de tout cela!* a-t-elle affirmé d'un ton catégorique.

Puis, Mademoiselle Charlotte s'est levée, elle a défroissé lentement les plis de sa jupe et elle a réajusté son chapeau sur sa tête. Elle s'est dirigée vers la porte en marchant à pas mesurés, le dos bien droit. Avant de disparaître, elle s'est simplement tournée vers nous :

— Vous direz à Monsieur Laporte que j'ai démissionné; il recevra une lettre officielle par courrier.

Et elle nous a quittés.

4

Lettre et mouffettes

— CATASTROPHE!

Mario n'arrêtait pas de répéter ça. Les autres élèves ravalaient leur peine et leur peur en silence.

En quelques secondes, nous avions compris que Mademoiselle Charlotte occupait une place G É A N T E dans notre vie. Ce n'était pas seulement l'idée de recommencer à faire des exercices de mathématiques et de grammaire toute la journée avec une autre maîtresse qui nous bouleversait. Non. C'était l'idée de ne plus voir Mademoiselle Charlotte, avec son *sourire*, son **chapeau fou** et son **caillou**. De ne plus voyager dans ses histoires, de ne plus inventer des projets étonnants… Le pire de tout, c'était l'idée atroce de perdre Mademoiselle Charlotte.

— **C'est un coup de tête!** Mon petit frère en fait souvent. Elle va revenir, a lancé Frédéric d'une voix mal assurée.

Mais nous savions tous qu'il ne le pensait pas vraiment. Mademoiselle Charlotte nous avait quittés parce qu'elle ne supportait pas que nous nous tapions dessus et que nous

nous gueulions des noms. Peut-être
bien que là d'où elle venait, les gens
ne faisaient jamais ça. Une chose est
certaine, Mademoiselle Charlotte était
très allergique à la violence.

Quelqu'un a cogné à la porte
de notre salle de classe.
Une tête s'est faufilée dans
l'entrebâillement. Plusieurs
élèves ont poussé un cri.

MONSIEUR CRACPOTE!

— Mademoiselle Charlotte n'est pas là ?

Le ton était plein de sous-entendus. Nous avons vite compris que notre directeur ne devait absolument pas apprendre la vérité.

J'ai pris une grande respiration.

— Elle est aux toilettes, monsieur. Aux toilettes des *dames*.

Ma voix aussi était pleine de sous-entendus. Monsieur Cracpote ne pouvait quand même pas aller vérifier **LÀ**.

J'en ai rajouté, pour faire plus vrai.

— Je peux aller la chercher si vous voulez…

Notre directeur n'a pas insisté. *FIOU !* Et il est reparti.

Il fallait faire vite. Trouver une idée, élaborer un plan pour que Mademoiselle Charlotte revienne.

Nous avons d'abord convenu que le départ de Mademoiselle Charlotte resterait secret. Personne ne devait être au courant. Les enfants n'ont pas le droit de se sauver de leur école. Alors, nous devinions bien que les maîtresses non plus.

Tout le monde avait des idées, mais c'étaient des plans TROP LONGS, **trop compliqués**. Nous avons finalement décidé d'écrire une lettre à Mademoiselle Charlotte. C'était une solution toute simple, un pauvre petit plan bien fragile, mais chacun y a mis son cœur.

Nous savions que Mademoiselle Charlotte logeait dans une vieille maison qui avait été longtemps inhabitée, aux limites de la ville. Une fois le message rédigé, tous les élèves ont voulu le livrer à Mademoiselle Charlotte. Heureusement, Mario a fait valoir qu'une délégation de trente pour une opération prétendument secrète, ce n'était pas très brillant.

Nous avons voté. Il s'agissait seulement de désigner un représentant de la classe, mais pour nous c'était aussi important qu'élire le premier ministre d'un pays.

Charles-Antoine, mon roi des fourmis, a été choisi. J'étais contente pour lui.

Mais, la cerise sur le *sundae*, c'est qu'il m'a invitée à l'accompagner.

— À deux, on aura l'air moins **suspects**, a-t-il dit.

J'ai essayé de ne pas trop montrer que ça me faisait très plaisir, mais quand j'ai dit «mmmoui», mes jambes ont ramolli. Je venais tout juste de découvrir que Charles-Antoine avait des yeux verts encore plus magnifiques que ceux de ma chatte Poutine.

Au début, en marchant, nous étions un peu gênés. Mais j'ai confié à Charles-Antoine

que ses fourmis m'avaient impressionnée
et il a promis de m'inviter chez lui pour
les observer. Nous avons ensuite discuté
bibittes jusqu'à ce que nous atteignions la
rue de Mademoiselle Charlotte.

La maison était moins délabrée que je ne
l'avais imaginée. Il y avait de *jolis rideaux
fleuris* aux fenêtres et… **cinq mouffettes**
sur le perron.

Des mouffettes en plâtre! Elles ne
risquaient donc pas de nous arroser. J'ai ri.
Voilà qui ressemblait bien à Mademoiselle
Charlotte. **Un jardin de mouffettes devant
la maison!**

Charles-Antoine a frappé à la porte. Nous avons attendu longtemps. Puis, il a cogné encore. **Trois fois**. Dans ma tête, j'ai compté jusqu'à cinquante. RIEN.

C'est là que j'ai eu envie de pleurer, comme ça, à côté de Charles-Antoine, devant la porte de Mademoiselle Charlotte, avec les cinq mouffettes qui me dévisageaient.

Notre maîtresse nous avait vraiment quittés. DÉJÀ !

— Viens ! On va regarder par les fenêtres, a suggéré Charles-Antoine.

Entre deux rideaux, nous pouvions voir la table de cuisine. Et dessus, il y avait… un grand chapeau. Comme un chapeau de **sorcière** mais avec une petite bosse ronde au lieu d'un long bout pointu sur le dessus.

Mademoiselle Charlotte habitait encore ici ! Elle n'était pas déjà repartie.

Il n'y avait pas de boîte aux lettres. Alors, nous avons glissé notre message sous les pattes avant d'une mouffette. Il serait bien en vue et ne risquerait pas de partir au vent.

En revenant d'on ne sait trop où,
Mademoiselle Charlotte pourrait lire
ce que nous avions écrit.

Mélanie Frédéric Charles-Antoine Guillaume Renée

Simon Vu

Jérôme

Marie 😊

Chère Mademoiselle Charlotte,

Toute la classe est triste. On s'ennuie de
vos histoires, on s'ennuie de Gertrude, on

Mario

Jean-Charles s'ennuie de vos spaghettis.

Mathieu

On s'ennuie de vous, Mademoiselle Charlotte. Marie-Aude

Personne ne savait que vous étiez si allergique
aux batailles. On ne pouvait pas deviner...

Marilou

Philippe

Vous êtes différente, Mademoiselle
Charlotte. Mais on vous aime comme ça.
On vous aime pour ça. Alors, si vous
revenez, puisque vous êtes si allergique,

Thomas

Catherine

Louis-Philippe

olivia

Martin

on ne se battra plus. Promis. Ça ne sera
pas facile mais tant pis.

Revenez, Mademoiselle Charlotte.
On vous en supplie.

François-Olivier

GUILLAUME

Josée

Geneviève Judith

ÉRIC Julie ♥ Maryse Michaël

Émilie Anne-Sophie manon Marilyn Jocelyne

Toute la classe avait signé. Il y avait des noms **partout** sur la feuille.

5

Un gorille rote

Le lendemain matin, la classe était
silencieuse. Nous attendions, le cœur
battant. Mademoiselle Charlotte
reviendrait-elle ?

Lorsque, soudain, nous avons entendu
ses drôles de petits **clop**, **clop** dans le
corridor, il y a eu un tonnerre
d'applaudissements.
NOUS ÉTIONS TELLEMENT CONTENTS !

Notre nouvelle maîtresse est entrée et elle
s'est dirigée tranquillement vers la fenêtre

pour rêvasser un peu, comme au premier matin.

Puis, elle s'est assise, elle a retiré doucement son chapeau et elle a chatouillé un peu sa *Gertrude*. La vie était redevenue normale. Nous étions heureux.

Ce matin-là, en moins de deux heures, nous avons fait trois pages de français et quatre exercices de maths. Tout le monde travaillait très fort. Après, Mademoiselle Charlotte nous a raconté une histoire.

Deux enfants, Anatole et Fabienne, sont kidnappés par des bandits à la sortie de l'école. Après plusieurs jours de route dans la caisse d'un camion, ils réussissent à s'échapper et découvrent – **est-ce possible?** – qu'ils sont en pleine jungle. L'air est lourd et la chaleur, INSUPPORTABLE. Des plantes géantes envahissent l'espace, des lianes tombent du ciel et des oiseaux fabuleux lancent des cris PERÇANTS.

Soudain, les enfants sont alertés par un froissement de feuilles. Quelqu'un ou *quelque chose* avance à pas feutrés. Les pas se rapprochent. Horrifiés, Anatole et Fabienne aperçoivent une masse sombre progressant lentement entre les broussailles.

Grognements et feulements se confondent. Une panthère…

Les enfants se voient déjà, réduits en bouillie, dans le ventre du fauve lorsqu'une immense bête poilue les soulève de terre.

Les plantes caoutchouteuses défilent à toute allure. Anatole et Fabienne ont peut-être échappé aux griffes d'une panthère mais entre les pattes de quelle énorme créature sont-ils maintenant blottis ? Les battements de cœur de l'animal résonnent dans leurs oreilles.

QUEL VACARME !

De plus, cette grosse bête pue et ses longs poils rudes grattent les joues. Mais, étrangement, les enfants se sentent presque en sécurité.

Soudain, Anatole crie.

— Un gorille!

Il vient de comprendre…

Mademoiselle Charlotte s'est arrêtée là en promettant de poursuivre son récit le lendemain. Nous avions déjà hâte!

Le plus étonnant, ce n'était pas tant ce qui

arrivait aux personnages que ce qui nous arrivait à nous. Son histoire, nous ne l'avions pas seulement entendue. Nous l'avions VÉCUE. Pour vrai.

J'aurais pu décrire, jusque dans les moindres détails, la caisse du camion où les deux héros étaient prisonniers. Il y avait une chaîne rouillée dans un coin et, à côté, une boîte de conserve éventrée, une **boîte de raviolis** avec un reste de sauce moisie au fond. J'avais remarqué qu'en courant le gorille avait écrasé un gros insecte à la carapace mauve. Je me souvenais même du bruit – **scrouiiiche!** – et du LIQUIDE JAUNE DÉGUEULASSE qui avait giclé de l'insecte.

D'où venait la boîte de raviolis ? Et l'insecte aplati ? Mademoiselle Charlotte n'avait jamais mentionné ces détails en racontant l'histoire. Et je n'étais pas la seule à avoir **vu**, senti ou **entendu** des choses **étranges**.

Michaël jurait qu'un oiseau magnifique, avec des ailes aussi vastes qu'une voile de navire et un plumage cent fois plus flamboyant que celui d'un vulgaire perroquet, s'était posé sur son épaule. Anne-Sophie avait surpris deux serpents sifflant entre ses pieds. Et la pauvre Judith souffrait de nausées depuis que le gorille lui avait ROTÉ en plein nez.

À partir de ce jour-là, tous les matins, Mademoiselle Charlotte a inventé de nouveaux épisodes à ses chroniques de la jungle. Le reste de la journée, chacun travaillait à ses projets.

Et Monsieur Cracpote devenait de plus en plus nerveux et inquiet.

Il se **rongeait les sangs**, s'arrachait les cheveux et SE GRIGNOTAIT LES ONGLES. Notre directeur ne se contentait plus d'écraser son gros nez dans la fenêtre de notre porte pendant quelques secondes. Il entrait sans frapper, à tout moment.

Un après-midi, il a ouvert la porte alors que Frédéric Valois, le superbollé en mécanique, électronique, robotique et tout ce qui tique, achevait de démonter l'horloge de notre classe. La figure de Monsieur Cracpote est devenue cramoisie. De sa voix douce, Mademoiselle Charlotte a rassuré notre directeur : dans une heure ou deux, l'horloge serait de nouveau accrochée au mur et ses aiguilles avanceraient comme avant.

Une autre fois, il est entré alors

même que Mathieu et Josée…

s'embrassaient ! Mademoiselle Charlotte
s'est empressée d'expliquer que les deux
tourtereaux jouaient une scène de la
pièce *Roméo et Juliette* de Monsieur
Shakespeare, ce qui était vrai. Mathieu et
Josée avaient même appris leur texte par
cœur. Mais Monsieur Cracpote a affirmé,
d'une voix indignée, qu'à douze ans les
enfants ne devaient pas s'embrasser.

— *EN AUCUN CAS. THÉÂTRE
OU PAS*, a-t-il ajouté, furieux.

Quelques jours plus tard, c'était au tour
de Mademoiselle Lamerlotte, la maîtresse
de la classe à côté, de claquer la porte
d'un air révolté. Elle était venue

emprunter une craie, mais le spectacle offert à ses yeux lui avait vite fait oublier le but de sa visite. Renée Sigouin nettoyait le bureau de Mademoiselle Charlotte, sur lequel flottait une **mer de mousse verte fumante** d'une odeur **infecte** rappelant vaguement les œufs pourris. Pauvre Renée ! Son expérience scientifique avait échoué.

De jour en jour, la tension montait dans l'école. Les élèves des autres classes nous questionnaient sans cesse sur Mademoiselle

Charlotte et plusieurs parents avaient téléphoné à notre directeur pour obtenir des renseignements sur celle qu'ils appelaient «**la maîtresse extra-terrestre**».

Peut-être aurions-nous dû arrêter de planifier de nouveaux projets pendant un certain temps. Mais c'était tellement EXCITANT... Et puis, on aurait dit que Mademoiselle Charlotte nous transmettait sa force. Nous avions tous un peu plus confiance en nous. C'est ce qui arrive lorsqu'on a une maîtresse qui trotte dans les corridors en *gazouillant,* un immense chapeau sur la tête et un *caillou* au creux de la main, sans jamais se soucier de ce que les gens autour d'elle peuvent dire ou penser.

Mademoiselle Charlotte enseignait à notre école depuis plus d'un mois lorsque, un bon jeudi après-midi, la mère de Catherine Messier est venue cueillir sa fille à quatorze heures pile pour une visite chez le dentiste. Le **hic**, c'est que Madame Messier a poussé la porte au moment même où le rat domestique de François-Olivier réussissait un quatrième tour de trapèze.

François-Olivier entraînait son rat depuis des semaines. Il avait lu plusieurs livres sur l'art de dompter les animaux et il avait fabriqué un trapèze, comme dans les cirques, mais en plus petit, avec des cintres.

Madame Messier semble confondre les rats et les dinosaures. Elle a hurlé tellement **fort** en apercevant Jos Louis (c'est le nom du rat de François-Olivier) que Monsieur Cracpote et **un tas** de professeurs ont accouru immédiatement. Cette fois, Monsieur Cracpote n'a pas voulu entendre les explications de Mademoiselle Charlotte, et François-Olivier a été renvoyé chez lui avec son Jos Louis.

Le lendemain, Louis-Philippe présentait un exposé sur la vie au MOYEN ÂGE. Il avait fait une sacrée bonne recherche. Malheureusement, Monsieur Cracpote a encore choisi le pire moment pour nous espionner. Louis-Philippe expliquait comment les gens mangeaient avec leurs mains à cette époque. Pour rendre sa présentation plus vivante, il avait apporté du pâté chinois et entrepris de S'EMPIFFRER, devant nous, sans cuillère ni fourchette. Ses mains, ses bras, ses joues, son nez et même ses sourcils étaient couverts de purée de pommes de terre avec, çà et là, des **grains de maïs** et des *petites mottes de viande*.

Cette fois, Monsieur Cracpote n'a rien dit. Il a simplement refermé la porte derrière lui.

Mais l'attitude de notre directeur n'annonçait rien de bon et j'ai senti un frisson courir dans mon dos.

Pendant quelques jours, nous n'avons plus été dérangés. Le lundi de la semaine suivante, j'ai oublié le réveille-matin de mon père dans mon pupitre. Mario l'avait utilisé pour un projet. La sonnerie de cet engin-là réveillerait un DIPLODOCUS ENDORMI. J'ai donc pensé qu'il valait mieux le récupérer tout de suite.

Il n'était que quinze heures quarante-cinq ; les voitures des professeurs emplissaient encore le stationnement. Pourtant, les corridors semblaient étonnamment **déserts** et silencieux.

J'ai surpris des voix en passant devant
la classe de Mademoiselle Lamerlotte.
Et par la petite vitre de la porte, j'ai
découvert tous les enseignants réunis
autour de Monsieur Cracpote.
Tous les enseignants, sauf une :
Mademoiselle Charlotte.

J'ai collé une oreille à la porte
pour épier la discussion. Au bout
de quelques minutes, j'ai failli
crier. Mes jambes se
sont mises à
trembler.

J'avais une envie
folle de déguerpir,
mais j'ai réussi à

me contrôler. Il le fallait. J'ai marché lentement sans faire craquer les lattes du plancher. Mais, une fois la porte de l'école refermée, j'ai couru comme si tous les **fauves** de la jungle étaient à mes trousses.

Je filais droit jusqu'à la maison de Charles-Antoine.

6

Une fausse maîtresse ?

J'ai tout raconté à Charles-Antoine.

Monsieur Cracpote avait découvert que Mademoiselle Charlotte n'était pas une *vraie* maîtresse. Elle n'avait pas de diplôme ! Elle soutenait avoir enseigné dans plusieurs écoles, mais ces écoles N'EXISTAIENT MÊME PAS. Le directeur allait convoquer une assemblée générale de tous les parents le lendemain soir. Il voulait renvoyer Mademoiselle Charlotte.

J'avais *tortillé* le couvre-lit de Charles-Antoine en parlant. J'ai eu un peu honte en découvrant le tissu froissé autour de moi. Mais Charles-Antoine a souri et il a pris ma main. *Ça m'a fait du bien.*

— Il faut avertir tous les élèves ! a-t-il décidé.

Charles-Antoine semblait sûr de lui et bien déterminé. Il a ajouté, d'une voix ferme :

— **Nous allons sauver** Mademoiselle Charlotte !

C'est là que j'ai eu une **IDÉE**. Je ne sais pas comment elle est venue et je n'étais pas sûre que mon plan soit efficace, mais tant pis. Nous devions essayer.

Encore une fois, Charles-Antoine m'a écoutée sans dire un mot. Puis, il a applaudi avant de lancer :

— AU BOULOT !

Nous avions beaucoup de travail à faire.

7

Coup de théâtre !

Le lendemain, tous les élèves de l'école ont reçu un message pour leurs parents :

RÉUNION SPÉCIALE À DIX-NEUF HEURES, DANS L'AUDITORIUM.

Le scénario se déroulait exactement comme nous l'espérions.

Les élèves de la classe de Mademoiselle Charlotte avaient déjà reçu un autre message dès leur arrivée. Un message **secret**, rédigé par Charles-Antoine et moi, qui s'adressait à eux, uniquement, pas à leurs parents.

Notre plan fonctionnait **parfaitement**.

Pendant le dîner, notre classe s'est réunie dans le petit bois où Mathieu Bérubé et Josée Lachance se donnent des *becs*. J'ai exposé mon idée et, ensemble, nous avons dressé la liste de tout ce qui restait à préparer.

Nous nous sommes donné rendez-vous à dix-huit heures. Il ne fallait **absolument** pas que les parents nous voient!

Vers dix-huit heures quarante, Monsieur Cracpote a pénétré dans l'auditorium avec quelques profs. Peu après, les premiers parents ont fait leur entrée. À dix-neuf heures, l'auditorium était **plein**.

Monsieur Cracpote a raconté ce qu'il avait déjà dit la veille, dans la classe de Mademoiselle Lamerlotte. Plusieurs parents ont exprimé fermement leur indignation.

— *Mais c'est inacceptable !*

— CETTE FEMME EST PEUT-ÊTRE DANGEREUSE!

— **IL FAUT AGIR VITE...**

— **Et pas seulement la mettre à la porte... la poursuivre en justice!**

Alors Charles-Antoine a donné le signal. Les lourds rideaux rouges se sont écartés et les adultes réunis ont découvert la classe de Mademoiselle Charlotte installée sur la scène de l'auditorium devant eux.

Les élèves attendaient, en s i l e n c e, l'arrivée de leur nouvelle maîtresse.

C'était ça, mon plan. Au lieu d'expliquer aux parents que Mademoiselle Charlotte n'était pas dangereuse, que nous l'aimions beaucoup et qu'avec elle nous apprenions DES MILLIONS DE CHOSES, j'avais pensé que nous pourrions le leur montrer. Comme au théâtre.

Et c'est moi qui jouais le rôle de Mademoiselle Charlotte ! J'avais passé une partie de la nuit à transformer le chapeau de sorcière de mon vieux costume d'Halloween en chapeau de Mademoiselle Charlotte. Charles-Antoine m'avait prêté une robe de sa grand-mère et des bottes de randonnée.

C'était à mon tour maintenant.

Je devais entrer en scène et imiter Mademoiselle Charlotte. Mais là, dans les coulisses, j'ai paniqué. **J'avais un trac terrible!** Même que j'ai failli me sauver.

L'avenir de Mademoiselle Charlotte DÉPENDAIT de moi. Je disposais de quelques minutes seulement pour séduire tous les parents. Et, surtout, pour les convaincre de ne pas renvoyer notre nouvelle maîtresse.

L'auditoire attendait, mais j'étais **figée**, incapable d'avancer. Mes pieds semblaient **s'enfoncer** dans le sol. Alors, pour me donner du courage, j'ai soulevé mon grand chapeau et j'ai cueilli le petit caillou sur ma tête.

Ce n'était pas *Gertrude*. C'était juste un petit caillou de rien du tout. Mais j'avais tellement peur et ça semblait tellement mieux que rien.

Alors, je lui ai parlé.

— Salut... ma coquelicotte! Bien oui... J'ai peur. C'est nono, hein? Mais c'est comme ça... J'ai peur qu'ils se moquent de moi... qu'ils ne comprennent pas... J'ai peur qu'ils me mettent à la porte...

Ce qui m'arrivait était étrange. Je me sentais **DEVENIR**

Mademoiselle Charlotte. J'étais GRANDE et FORTE.

J'ai replacé Gertrude sous mon chapeau et j'ai marché tranquillement jusqu'au centre de la scène. Là, j'ai flâné un peu en souriant *gentiment*. Puis, je me suis assise derrière le bureau de Mademoiselle Charlotte, j'ai soulevé délicatement mon grand chapeau – comme un chapeau de sorcière mais avec un bout rond au lieu d'un bout pointu sur le dessus – et j'ai cueilli mon précieux caillou. Je l'ai caressé un peu. Et j'ai parlé, parlé, parlé…

J'ai confié à mon caillou tout ce qui me pesait sur le cœur. Je parlais fort afin que les **trois cents personnes** réunies m'entendent bien. Il fallait qu'ils comprennent. Il fallait qu'ils découvrent quelle sorte de maîtresse j'étais.

Après, j'ai déposé doucement *Gertrude* sur mon bureau. Le deuxième acte allait débuter. Pour prouver à tout le monde que Mademoiselle Charlotte savait enseigner, j'ai imposé un **contrôle** : français et mathématiques.

Mes élèves furent formidables. La mère de François-Olivier a crié BRAVO ! lorsque son fils a épelé « saperlipopette » sans oublier un « t ».

S.A.P.E.R.L.I.P.O.P.E.T.T.E.

Et Maryse Lacasse, qui savait à peine additionner avant l'arrivée de Mademoiselle Charlotte, a réussi coup sur coup quatre multiplications **compliquées**.

142
91
1404
321

Trois élèves ont présenté des projets. Mais, cette fois, Monsieur Cracpote, les profs et les parents ne sont pas arrivés comme un *CHEVEU SUR LA SOUPE* au milieu de l'exposé. Ils ont eu droit à toutes les explications. Lorsque Louis-Philippe a refait son truc du **pâté chinois**, plusieurs parents ont ri de bon cœur.

Pour finir, j'ai décidé d'improviser. Ce troisième acte n'était pas prévu mais **TANT PIS**. Alors, comme ça, devant tout le monde, sans réfléchir, sans m'inquiéter de ce que les gens diraient, de la façon dont ils réagiraient, j'ai inventé une histoire. Je ne sais même pas d'où elle est venue. Ni où elle est partie… Une fois mon récit fini, je ne m'en souvenais déjà presque plus.

J'avançais à quatre pattes dans le couloir étroit d'une caverne… En balayant les murs, ma lampe de poche réveillait des millions de pierres minuscules extraordinairement *brillantes*. Je n'avais ni peur ni froid.

C'est tout ce que je me rappelais…

Ah ! Et puis non… Il y avait… oui… oui…
Des gens. Des **hommes**, des *femmes*,
des enfants aussi sans doute. De la taille
d'une souris, d'un bébé souris même.
Non… plus petits encore. Des *elfes* ? Des
lutins ?

Ils escaladaient un mur. D'infimes
cordelettes les reliaient.

J'étais fascinée.

Tout à coup, la terre a tremblé comme si
un géant endormi émergeait lentement

d'un profond sommeil.

Étions-nous bel et bien dans
une grotte, quelque part dans
une tout autre dimension ou,
tout bêtement, dans le ventre
d'un OGRE ?

C'est alors que les murs se sont
lézardés et...

Mais tout ça n'est pas important. Ce
qui compte, c'est qu'au moment où
Charles-Antoine a refermé les rideaux, un
lourd silence a envahi la salle. Il n'y a pas
eu un seul bruit pendant dix secondes

environ. Mon cœur battait comme un **FOU**.

Soudain, les applaudissements ont crépité. **Ouf**! Nous avions gagné! J'en étais presque sûre.

Monsieur Cracpote a pris la parole. Et, franchement, il m'a un peu impressionnée. Notre directeur a proposé que personne ne prenne de décision hâtive. Il allait rencontrer Mademoiselle Charlotte, éclaircir l'histoire des diplômes et, sans lui interdire d'enseigner «différemment», il lui recommanderait de ne pas «dépasser certaines limites». Ça me semblait un bon **compromis**.

— J'ai bon espoir que nous trouvions un terrain d'entente, a-t-il finalement déclaré de sa grosse voix **sérieuse**.

Cette fois, c'est derrière les rideaux qu'on a applaudi. **À TOUT ROMPRE !**

Mais l'histoire de Mademoiselle Charlotte n'était pas finie.

8

Grosses bises
et petit souvenir

J'aurais dû être contente. Tous mes amis m'ont *félicitée* pendant que nous redéménagions les pupitres dans la classe à côté.

Charles-Antoine m'a raccompagnée jusqu'à la maison et nous avons discuté des nouveaux projets que nous pourrions **inventer**, mais mon cœur n'y était pas.

Plus tard, dans mon lit, je n'arrivais pas à dormir. Quelque chose… un souvenir, une image… **m'obsédait**.

Soudain, j'ai crié :

— **Aaahhh !**

Pendant un bref instant, je l'avais revue.

C'était arrivé pendant que je racontais mon histoire, pendant que j'incarnais Mademoiselle Charlotte sur la scène de l'auditorium. Je décrivais la caverne aux murs SCINTILLANTS lorsqu'elle était apparue.

À la fenêtre : celle du milieu, sur le côté, tout en haut du mur, dans l'auditorium.

J'avais vu Mademoiselle Charlotte. Elle m'observait. Elle *souriait*.

Puis, elle avait disparu.

J'ai enfilé des vêtements par-dessus ma robe de nuit et j'ai COURU vers la porte. Dehors, l'air était doux.

J'ai failli me perdre. Je n'allais pas souvent dans ce quartier. **Surtout la nuit !**
Mais, bientôt, j'ai reconnu la rue de Mademoiselle Charlotte…

Charles-Antoine était là, dehors devant la maison, à côté des mouffettes. Il avait deviné.

Notre nouvelle maîtresse était partie.

Elle s'était enfuie pendant notre réunion dans l'auditorium.

Je me suis assise à côté de Charles-Antoine. Et j'ai appuyé doucement ma tête sur son épaule. Il y a des moments où c'est très important d'avoir des amis.

Charles-Antoine tenait une feuille de papier dans ses mains. J'ai lu lentement ce que Mademoiselle Charlotte avait écrit.

Chers amis,
J'ai passé des semaines formidables avec vous.
Merci...

J'aurais bien aimé rester encore un peu, mais une autre école très loin d'ici réclame mes services. Un professeur de cinquième année a attrapé la coqueluche...

Je sais que vous pouvez vous débrouiller seuls maintenant. Chacun de vous a des projets plein la tête et des millions d'histoires vous chatouillent la cervelle. Parlez-en à votre futur professeur. N'ayez pas peur. Je suis sûre qu'il - ou elle - comprendra. Je penserai souvent à chacun de vous et j'espère que chaque fois que vous bavarderez avec votre brosse à dents ou vos lacets de chaussures, vous penserez un peu à moi.

Un million de bises,
Mademoiselle Charlotte

P.-S. : Ce soir, j'ai vu une jeune fille qui me ressemblait beaucoup sur la scène de l'auditorium. Je lui confie Gertrude. Ma pauvre coquelicotte est fatiguée de voyager... Un jour, peut-être, je reviendrai la chercher.

Charles-Antoine a
soulevé une des
mouffettes.
Gertrude était là.
Elle semblait très
petite et toute seule.
Je l'ai prise dans ma main et je l'ai
caressée un peu.

Épilogue

Gertrude vit avec moi depuis deux mois. Je lui parle souvent, tous les jours. Et, chaque fois, je pense à Mademoiselle Charlotte.

Parfois, dans la rue, je crois reconnaître ma maîtresse. J'aperçois une dame maigre et GRANDE et vieille. Je l'imagine alors avec un chapeau, comme un chapeau de sorcière mais avec un bout rond au lieu d'un long bout pointu sur le dessus.

Chaque fois je suis déçue. Ce n'est jamais Mademoiselle Charlotte.

Dans notre classe, un homme a remplacé Mademoiselle Charlotte. Il s'appelle Henri et il est gentil. Il a même accepté que nous travaillions **très fort** le matin pour faire des trucs un peu plus fous l'après-midi. Mais nous nous ennuyons quand même de Mademoiselle Charlotte.

ÉNORMÉMENT.

L'école finira bientôt. J'ai hâte aux vacances. En septembre, Henri ne reviendra pas. Et Madame Chaput non plus. Elle a décidé de passer toute l'année avec son **bébé**.

Je me demande à quoi ressemblera notre nouvelle maîtresse. Ce serait tellement *extraordinaire* si Mademoiselle Charlotte revenait.

Parfois, le soir, lorsque je parle à Gertrude, j'ai l'impression que Mademoiselle Charlotte m'entend. Je me dis alors que mon intuition du début était peut-être bonne : et si Mademoiselle Charlotte venait réellement d'une autre **planète** ? Elle vogue peut-être dans l'espace en ce moment, à quelque mille milliards d'années-lumière de nous.

Mais elle voit tout, elle entend tout, grâce
à son caillou.

Je comprends que ça semble un peu fou.
Mais peut-on vraiment savoir?

Fin

Dominique Demers

Comme Mademoiselle Charlotte, Dominique Demers a exercé mille métiers, mais ce qu'elle préfère, c'est écrire des livres. Son amour de l'écriture, les lecteurs le lui rendent bien en faisant de ses romans des succès populaires aussi bien que critiques. La série *Charlotte* s'est vendue au Québec et en France à près d'un demi-million d'exemplaires, sans compter les traductions ! Charlotte est même la vedette des films *La Mystérieuse Mademoiselle C.* (2002) et *L'Incomparable Mademoiselle C.* (2005). Avec cette série, Mademoiselle D. offre aux jeunes des histoires amusantes avec une héroïne aux idées folles mais drôlement attachante et émouvante.

Adresse du site de l'auteure : **dominiquedemers.ca**

Fabio Pellegrino

 Après des études au cégep du Vieux-Montréal en dessin animé, Fabio Pellegrino a séjourné deux ans en Italie pour suivre une formation à l'Institut Européen de Design de Milan. À présent, il travaille principalement en animation (design de décors et de personnages) mais fait aussi un peu de tout : bande dessinée, jeux vidéo, pochettes d'albums, vêtements, *story-boards*, etc. Pour Fabio, toutes les raisons sont bonnes pour dessiner !

Fiches d'exploitation pédagogique

Vous pouvez vous les procurer sur notre site Internet à la section jeunesse / matériel pédagogique.

quebec-amerique.com